Walter Schmögner

Der Traum vom Rückenwind

Geschichten und Bilder

Lieber Gerhard
herzliche Grüße
von
Walter

INSEL VERLAG

Wien, 23.4.82

Erste Auflage 1980

Druck: Paul Robert Wilk, Friedrichsdorf-Seulberg
Printed in Germany

Der Traum vom Rückenwind

Ich will

Ich träume: ich liege im Bett und schlafe. Ein Geräusch in der Küche weckt mich. Es ist dunkel, und ich bin allein. Ich weiß, in der Küche auf dem Tisch steht eine Glasschüssel mit Weintrauben. Ich fürchte, jemand will diese Weintrauben stehlen.

Ich sage mir, du mußt dich erheben. Du mußt ganz leicht werden. Du mußt wollen, daß du willst. Ich will schweben. Ich will aus dem Bett schweben. Ich will zum Plafond schweben. Und ich konzentriere mich, daß ich will und will und will ... und ich werde immer leichter, erhebe mich langsam, bleibe in der Luft, höre nicht auf mich zu konzentrieren. Ich schwebe, alles wird noch leichter. Ich brauche mich nicht mehr zu konzentrieren. Ich schwebe, ohne mich zu bewegen. Ich werde zum Plafond getragen, ganz langsam. Ich schwebe zur Küche. Ich kreise über dem Küchentisch, auf dem die Weintrauben stehen.

Eine schwarze Gestalt hält entsetzt inne und flieht aus dem Raum.

Das Brotbuch

Ich befinde mich in einer fremden Stadt und weiß nicht, wie ich in das Hotel Excelsior komme. Es ist ein sonniger Nachmittag, und ich gehe auf einer breiten belebten Straße. Die Straße ist wie eine Brücke angelegt und führt zu einem in der Ferne liegenden Monument. Prunkvolle Hochhäuser stehen da als riesige Pfeiler, zwischen denen, in Höhe des zehnten Stockwerks, die Brückenstraße hindurchführt. In den Gebäuden entlang der Straße befinden sich Cafés und exklusive Geschäfte. Hinter großen gläsernen Eingängen sehe ich Rolltreppen, die in verschiedene Richtungen führen. Elektro-Busse fahren gemächlich von einem Gebäude zum anderen. Ich freue mich über die Aussicht, die man von der Brücke aus hat. Die Stadt liegt weit ausgebreitet unter mir, mit Grünanlagen und künstlichen Teichen.

Eine Weile gehe ich noch in Richtung des Monuments, steige aber dann in einen Bus und frage den Schaffner nach dem Hotel. Da es in einem weit entfernten Stadtteil liegt, muß ich erst einmal bis zur Endstation fahren. Der Schaffner will mir dann weiterhelfen.

Wir durchqueren die sehr belebte Innenstadt, und je weiter wir uns von ihr entfernen, desto geringer wird der Verkehr. Der anfänglich voll besetzte Bus ist nun fast leer, und bald sitze ich mit dem Schaffner allein im Wagen. Eine Weile noch, dann fährt der Bus in eine Hauseinfahrt, in die er gerade noch hineinpaßt. Der Schaffner fordert mich auf auszusteigen und in einem kleinen Zimmer Platz zu nehmen. In diesem karg eingerichteten

Raum setze ich mich nun auf eine Holzbank. Außer mir sitzt hier nur noch ein anderer Schaffner vor einem leeren Schreibtisch. Nach einer Weile öffnet er die mittlere Schublade, entnimmt daraus ein Brot, das wie ein großes Buch aussieht, öffnet es in der Mitte, nimmt das darinliegende Strickzeug und beginnt zu stricken.

Als er hört, daß jemand kommt, klappt er das Brotbuch schnell zu und läßt es wieder in der Schublade verschwinden. Der mir bekannte Schaffner tritt ein und erklärt mir, daß die Fahrt jetzt weitergehe.

Ich steige in den Bus, der mich direkt vor das Hotel Excelsior führt.

Der Wolkenkratzer

Ich schaue aus dem Fenster und sehe Wolken ganz nahe vorbeiziehen. Eine Wolke kratzt langsam eine waagrechte Linie ins Fensterglas.

Ich höre noch jetzt den schrillen Ton.

Zugvögel

Wir ziehen gegen Süden. Wir sind von Wien aufgebrochen und fliegen nun seit einiger Zeit über der Steiermark. Die Sonne wird bald untergehen, lange Schatten liegen auf der Landschaft, und das saftige Grün erscheint noch kräftiger.

Hinter den vielen Bergen, die wir noch überfliegen werden, ahne ich schon die heiße Sonne des Südens, und mir wird ganz wohl bei diesem Gefühl.

Ich vermisse Susanne, und ich fürchte, daß sie sich verflogen hat, weil sie mit ihren Gedanken so oft woanders ist. Im Osten finde ich sie und führe sie zurück zum Zug.

Der Schamanenbesuch

Wir treffen einander vor dem Haustor Pressgasse 21 im vierten Wiener Gemeindebezirk. In meiner Kindheit habe ich hier einmal in der Haustornische eine schlafende Taube entdeckt. Da sie mir aber krank erschien, berührte ich sie nur vorsichtig mit einem Stock. Ein Schaudern überlief mich, als sie ihren Kopf zu mir drehte und ich sah, daß aus ihrem Gefieder groschengroße grüne Käfer krochen.

Wir öffnen das schwere hölzerne Haustor und treten ein. Falsche Marmorsäulen schmücken den Hausflur. Dieses Bürgerhaus muß in der Gründerzeit entstanden sein, in einer Zeit, da man besonders viel Wert auf prunkvolle Hauseinfahrten und

Stiegenhäuser legte. Wir überqueren einen feuchten, mit Essigbäumen und Moos bewachsenen Hof, um in das dahinterliegende Stiegenhaus zu gelangen. Susanne trägt einen weißen Sommerblazer zu einem dünnen schwarzen Rock. Eine Sonnenbrille und ihr schwarzes Haar verdecken das Gesicht, nur ihr roter Mund bleibt frei.

Hier ist das Stiegenhaus eng gebaut, und die Stufen führen steil, wie bei einer Wendeltreppe, nach oben. Im letzten Stockwerk öffne ich eine nur angelehnte Tür, und nach einem kurzen dunklen Gang stehen wir in der Mitte eines langen querliegenden Raumes. Am rechten Ende dieses Raumes sehen wir ein paar Stufen aufwärtsführen. Aus einer halbgeöffneten weißen Tür dringt grelles, blendendes Licht. Der linke Teil des Raumes verliert sich ins Schwarze, wir können nicht erkennen, ob sich am Ende eine Tür befindet. An beiden Seiten der fensterlosen Wände stehen Regale, vollgeräumt mit eigenartigen Kultgegenständen und Werkzeugen. Von uns abgekehrt, stehen im dunklen Teil des Raumes, der mich an eine Alchemistenküche erinnert, zwei Männer in blauen Kitteln und hantieren in Wannen, die sich auf den Regalen befinden. Der helle Teil des Raumes wirkt moderner, vielleicht wie ein billiges Kosmetikstudio oder wie ein Ordinationsraum.

Eine Frau in einem weißen Arbeitsmantel tritt durch die grellerleuchtete Tür. Sie läßt uns auf einer sehr niedrigen Holzbank Platz nehmen. In den Händen hält sie zwei Blättchen, die sie mir auf die geschlossenen Lider legt. Mit rhythmischen Fingerbewegungen beginnt sie zu reiben. Mir schwindelt, ich sehe

aber, trotz der geschlossenen Augen, meine Umgebung viel deutlicher als zuvor. Eine Maske, die ich vorher kaum wahrgenommen habe, steht jetzt vor mir: Metall und Knochen. Ein Menschenkopf, nein, vielleicht ein Tierkopfskelett. Sechs Hörner neigen sich zu mir . . . ich falle in Trance.

Leicht benommen steigen wir nun im vorderen, prunkvolleren Stiegenhaus hinunter. Ich muß geschickt ausweichen, damit mich die gußeisernen Geländereckpfeiler, die sich auf mich stürzen, nicht treffen. Als wir in den Hausflur treten, bemerke ich eine eiserne Plastik, die eben beginnt, sich zu bewegen. Sie steht auf einem Steinsockel, und ihr Aussehen erinnert mich an einen Kleiderständer, halb Lanze mit mehreren Spießen, halb natürlich gewachsenes Geweih. Sie bleibt mit dem Sockel fest verbunden, aber sie kann mich mittels einer Hydraulik und mit verschiedenen Gelenken, zwar schwerfällig, doch in der Hauseinfahrt überallhin verfolgen. Sie drängt mich an die Wand und wirft mich zu Boden. Ich rufe Susanne zu, sie möge mir das Haustor öffnen, damit ich in einem günstigen Moment der Eisenplastik entkommen kann. Das gelingt mir auch.

Vor dem Haustor verabschiede ich mich von Susanne. Morgen werden wir einander hier wieder treffen.

Die Wolke

Es ist Sommer. Ich befinde mich mit Freunden auf dem Land. Wir wandern über eine große grüne Ebene, auf eine kraterförmige Erhebung zu. Auf der ringförmigen Erhebung liegt blendend weißer Schnee. Der Teich im Inneren ist zugefroren. Ich ziehe meine Schlittschuhe an und beginne Kreise zu ziehen. Ich werde schneller und schneller und erhebe mich dabei langsam vom Boden. Ich kreise höher und höher und komme einer kleinen weißen Wolke immer näher. Zusammen schweben wir langsam der Erde zu. Meine Freunde sitzen im Kreis auf dem Hügel, und ich sehe, wie einer aus seinem Munde große, dicke Rauchringe bläst, die sich langsam auf die Schultern der anderen legen. Ein menschengroßer Vogel sitzt auch in unserem Kreis, und ich weiß, daß er ein wunderschönes Mädchen ist.

Die Seife

Ich wache in meinem kleinen Arbeitszimmer auf. Es befindet sich im siebenten Stockwerk eines Neubaus. Die Geräusche im Haus sagen mir, daß es schon Mittag sein muß. Erotische Gedanken aus dem Traum machen es mir schwer aufzustehen. Ich erlebe noch einmal, wie ich das Mädchen aus dem Traum berühre. Sie liegt in einem zu kleinen Gitterbett, und ich liebkose, streichle sie. Ein Freund schaut uns zu. Die Bilder werden blasser, da ich nun mehr und mehr auf meine Bilder an den

Wänden schaue. Ich habe Lust zu frühstücken und stehe auf.

Das Sonnenlicht in der Küche blendet mich. Ich spüre noch Alkohol in mir und bin leicht benommen. Ich stehe vorm Waschbecken und erfrische mein Gesicht mit kaltem Wasser. Ich nehme die Seife und wasche mir die Hände. Sie entgleitet mir, rutscht ins Waschbecken und verschwindet. Ich stelle verwundert fest, daß mein Waschbecken nach einer Seite hin, wie eine Rinne, offen ist. Ich schaue aus dem Fenster und sehe, wie der linke Teil des Waschbeckens in weichen abfallenden Kurven über die Gartenanlage in Richtung Billrothstraße verläuft. Die dahinrasende Seife kann ich gerade noch erkennen, bevor sie in die Billrothstraße einbiegt.

Ich ziehe mich an und fahre mit dem Lift die sieben Stockwerke hinunter. Ich steige ins Auto, fahre die Hardtgasse bis zur Kreuzung Billrothstraße und biege links ab. Bei der Scheringgasse sehe ich in einiger Höhe mein langes weißes Waschbecken in die Billrothstraße münden; endlos zieht es schwebend in Richtung Zentrum dahin.

Beim Kino »Auge Gottes« parke ich das Auto. Hier endet die Rinne meines Waschbeckens auf der Asphaltstraße. Die Seife muß es hier irgendwo in die Gegend geschleudert haben. Ich suche sie, kann sie aber nicht mehr finden.

Die Erklärung

Ich fahre in die Innenstadt. Bei der Kreuzung Akademiestraße – Walfischgasse muß ich bei Rot anhalten. Ich merke, daß andere Menschen auf mich aufmerksam werden. Ich liege auf einem Teppich und warte wie die anderen in ihren Autos. Ich spüre den harten Boden unter meinem Teppich. Ich liege auf dem Bauch, und zwischen dem Teppich und mir befindet sich ein weißes Hasenfell, das ich mir um den Körper geschlagen habe. Der Teppich ist gerade so groß, daß ich bequem mit meiner linken Hand zum Gashebel greifen kann. Mit meinem rechten Fuß berühre ich das Bremspedal. Der Teppich zeigt ein orientalisches Muster, und er unterscheidet sich nur durch den Gashebel und durch das Bremspedal von anderen Teppichen. Es ist ein kühler, klarer Vormittag, und ich fühle mich wohl in meinem Fell.

Nun wird es Grün. Ich gebe Gas, und der Teppich setzt sich, knapp über dem Boden schwebend, in Bewegung.

Ich will links abbiegen, werde aber vom Verkehrspolizisten aufgefordert, am Straßenrand anzuhalten. Ich erkenne den Mann in der Uniform: es ist Herr Partosch. Er ist groß und kräftig, und sein grauer Bart ist seit unserer letzten zufälligen Begegnung ganz weiß geworden. Er war lange Zeit in Kuba, und seit damals trägt er einen Vollbart. Er ist freundlich, stellt sich mit gespreizten Beinen über mich auf den Teppich und möchte, daß ich ihm zeige, wie das Ganze funktioniert. Der Teppich bewegt sich aber nicht. Herr Partosch ist zu schwer.

Wir gehen ein Stück in der Walfischgasse, Richtung Oper, und ich trage den Teppich mit mir. Um Herrn Partosch doch noch demonstrieren zu können, daß mein Teppich fliegt, erkläre ich ihm, daß ich jetzt ein Stück zurückgehen werde, um dann mit Schwung an ihm vorbeizufliegen. Ich lege mich auf den Teppich und gebe Gas. In Kopfhöhe fliege ich an Herrn Partosch vorbei, überquere die Kärntnerstraße, passiere das Hotel Sacher und lande dann auf einer Schutzinsel vor der Albertinarampe.

Herrn Partosch habe ich seither nicht mehr gesehen. Ich weiß, daß er auf eine Erklärung wartet.

Der Traum

Kennst du das unheimliche Gefühl, aus einem Angsttraum zu erwachen und dann plötzlich zu erkennen, daß du noch immer träumst?

Das ist, wie wenn man von einem tiefen Kellergeschoß kommend, Stufe um Stufe hinaufsteigt und erleichtert vor der Ausgangstür steht, um sie in Erwartung von frischer Luft und blendendem Sonnenlicht aufzustoßen – und dann muß man erschreckt feststellen, daß man noch gar nicht oben angelangt ist, und man läuft die weiteren Stufen hastig empor, aus Angst, dem Dunkel nicht mehr entrinnen zu können.

Heute hatte ich beim Erwachen ein herrliches Gefühl. Ich wußte nicht mehr genau, ob das soeben Geträumte eine wirk-

liche Erinnerung an Erlebtes oder ob es eben nur ein Traum war. Um mir Klarheit zu verschaffen, stand ich auf und ging zu einer Schublade, um nachzusehen, ob ›Dasjenige‹, von dem ich vielleicht geträumt hatte, auch wirklich in der Lade liege. ›Dasjenige‹ Erträumte lag nicht in der Schublade, und ich sprang ins Bett zurück, um erst ein wenig später wirklich aufzuwachen.

Die Mutter

Ich gehe die Wiedner Hauptstraße hinauf, um zum Wiedner Spital zu gelangen. Dieses Spital wurde gegen Kriegsende zum Obdachlosenasyl und dient Ausgebombten als vorübergehende Bleibe.

Ich gehe durch das Hauptportal und durchquere einen großen Hof. Kinder spielen Völkerball, alte Menschen kommen aus einem Garten, der neben der Kapelle liegt. Ich gehe durch das Tor 12, und über ein breites belebtes Stiegenhaus gelange ich zum Hochparterre. In noch belebteren Gängen komme ich an Küchen- und Klosettanlagen vorbei und erreiche schließlich den Saal VI. Dieser Saal ist riesengroß, und ich sehe, ähnlich wie in einer Messehalle, nach oben hin offene Kojen, aufgebaut aus Kästen, Koffern, Brettern und Vorhängen. In diesen Kojen wohnen die einzelnen Familien. Kindergeschrei mischt sich mit Weinen und Lachen, und durch den Nachhall ertönt hier alles noch lauter. Ein junges Mädchen trägt eine kleine Torte mit brennenden Kerzen an mir vorbei. Kinderwagen, angefüllt mit

Habseligkeiten, werden hin und hergeschoben. Hier arbeitet meine Mutter als Krankenschwester.

Ich suche sie, gehe ein paar Kojengänge auf und ab und finde sie dann bei einer Familie, deren Neugeborenes sie gerade badet. Die Eltern und einige Kinder schauen dabei zu. Meine Mutter sieht mich, begrüßt mich lachend, wickelt das Baby in ein Handtuch und reicht es der Mutter zum Stillen. Sie kommt auf mich zu und überschüttet mich mit Küssen und Umarmungen, die mich ein wenig befangen machen. Mit ihren freundlichen Ermahnungen, ich solle doch auch meinen Vater besuchen, verlasse ich sie wieder.

Der Vater

Ich gehe das Stiegenhaus hinauf. Die Sonne scheint durch große Fenster, und die Strahlen lassen das Stiegenhaus hell aufleuchten.

Obwohl ich schon einige Stockwerke hinaufgestiegen bin, kommt es mir vor, als habe ich noch nicht an Höhe gewonnen. Es mag wohl an der eigenartigen Bauweise dieses Hauses liegen. Mein Vater hat hier sein Atelier. So gehe ich weiter, und ich muß auch manchmal abwärts gehen, um den Anschluß an die Stufen zu finden, die mich nach oben bringen. Je höher im Haus, um so komplizierter sind die Stiegen angelegt. Mehrere Stiegen führen jetzt in verschiedene Richtungen, und ich muß gut überlegen, wie ich zu meinem Vater komme. Geländer

gibt es hier oben keines mehr. Aber es bereitet mir schon lange keine Angst mehr, auf diesen oft waghalsigen Stufenanlagen zu gehen.

Ich komme zum letzten Stockwerk. Hier ist das Stiegenhaus groß und hoch wie ein Saal gebaut. Ganz oben erkenne ich auch schon die Dachbodentür, die ich erreichen will. Es gibt freilich nur eine Möglichkeit, nach oben zu gelangen. Verpaßt man aber die bestimmte Stelle, wo man durch einen Sprung die Stufen wechseln muß, gelangt man wieder wie in einem Labyrinth zur Ausgangsstelle zurück.

Ich habe den letzten Teil der Stufenanlage erreicht. Die Stufen sind hier ganz schmal und entlang der linken Hauptwand gebaut, und nur mit dem Rücken zur Wand komme ich vorsichtig höher.

Ich öffne die Dachbodentür. Noch einige Holzstufen in einem schmalen steilen Gang und ich befinde mich auf dem Dachboden. Hier ist es düster, und die von Ruß geschwärzten Dachbalken sind kaum zu erkennen. Dagegen scheinen die unzähligen, zum Trocknen aufgehängten Leintücher blendend weiß. Ich durchstreife den Leintücherwald. Ich mag diesen frischen Geruch.

Am Ende des Dachbodens komme ich zur Ateliertür. Ich klopfe an, da sich nichts rührt, öffne ich und trete ein. Das sonnige Atelier ist achteckig und hat rundherum Fenster – wie ein Turm. Ich sehe meinen Vater auf der Couch liegen. Er ist, mit einer Zeitung über dem Kopf, eingeschlafen.

Der Aufzug

Ich stehe im Stiegenhaus des Otto Wagner-Gebäudes, das sich am Graben in der Wiener Innenstadt befindet. Es wurde noch vor der Jahrhundertwende gebaut. Der Aufzug, auf den ich warte, stammt auch aus dieser Zeit. Langsam kommt er höher, ich sehe schon das Dach der Aufzugskabine, das mich immer an einen Sargdeckel erinnert.

Der Aufzug bleibt ruckartig im sechsten Stockwerk stehen. Ich öffne die eiserne Gittertür, schiebe die Kabinentür zur Seite und trete ein. Oberflächlich begrüße ich den alten Mann, der noch schläft und der in diesem Aufzug lebt. Ich schließe die Türen und schiebe den Messingknopf »E« zurück. Den Lichtschalter drehe ich erst gar nicht an, weil ich weiß, daß der alte Mann, der übrigens Rehak heißt, die Glühbirne vor dem Schlafenlegen herausdreht, um nicht vom Licht gestört zu werden. Er war früher einmal Patentanwalt, und es gibt noch heute eine vergilbte Tafel in diesem Haus mit der Aufschrift »Ing. Walter Rehak, Patentanwalt«.

Der Aufzug ist wie eine Wohnung eingerichtet. Auf einer Couch liegt der kleine Herr Rehak, den Rücken zu mir gewandt. Auf einer vollgeräumten Küchenkredenz steht eine elektrische Kochplatte, deren Glühdrähte in der Dunkelheit hellrot leuchten. Die Luft riecht muffig, doch die Kochplatte strahlt eine angenehme Wärme aus. In jedem Stockwerk, wo der Aufzug einen leichten Ruck macht, hört man das Geschirr klappern und die leeren Weinflaschen aneinanderschlagen.

Eine blecherne Küchenuhr tickt laut. Auf einem Sessel liegen Kleidungsstücke aufgetürmt, merkwürdigerweise auch Frauenkleider. Mir selbst bleibt kaum Platz zum Stehen. Zwei Spiegel an den Wänden rechts und links lassen die Kabine größer erscheinen, als sie wirklich ist. Der Aufzug fährt langsam tiefer, und das wenige Tageslicht, das durch das trübe Glasdach schien, ist nun völlig verschwunden. Nur die Spiralen des Glühdrahts leuchten noch, und ich nehme mir vor, wieder einmal im Morgengrauen zu Fuß hinunterzugehen. Ich liebe die Stimmung, wenn ich auf leisen Bastschuhsohlen in diesem ovalen, nach unten zu immer dunkler werdenden Stiegenhaus abwärtssteige. Und ich werde mich vielleicht wieder wundern, wie es kaum merkbar schwarz und schwärzer wird. Und man hört nichts und sieht nichts, nur unten, wo es so schwarz ist, daß man sich wundert, wie es noch schwärzer werden kann, schimmert, kaum sichtbar, dieser Kabinensargdeckel auf.

Der Aufzug bleibt im Erdgeschoß stehen. Beim Öffnen der Kabinentür murmelt Herr Rehak Unverständliches. Ich schließe die Aufzugstüren und gehe dem Lichtbalken entgegen, der aus der Spiegelgasse durch das Haustor scheint.

Das Zündholz

Vor kurzem habe ich mir in Venedig eine Zündholzschachtel gekauft. Sie ist aus Karton verfertigt und wie eine Brieftasche zu öffnen. Darinnen befinden sich 100 Schwefelhölzer mit rotem Kopf. Eine sandige Reibfläche ist hinten angebracht.

Da sie für mich ein Schatz ist, gehe ich sparsam mit ihr um. Manchmal nehme ich mir ein Streichholz daraus, um eine Zigarette anzuzünden. Manchmal nehme ich sie mit, wenn ich ausgehe.

Nur wurmt es mich dann sehr, wenn ich sehe, wie gefühllos andere, die am selben Tisch sitzen, mit meiner Zündholzschachtel umgehen. Sie benützen sie, als gäbe es keine Unterschiede. Als sei alles tot. So habe ich immer ein wachsames Auge, und bei Gefahr stecke ich sie ein.

Vor kurzem bin ich nach Hause gekommen. Ich stehe vor meinem Arbeitstisch. Um mir eine Zigarette anzuzünden, öffne ich die Streichholzschachtel. Dabei fällt mir ein Streichholz in den darunterstehenden Papierkorb. Nun, dieses Spiel kenne ich schon. In dem Moment, da ich glaube, das verlorene Zündholz wieder in der Hand zu haben, rutscht es tiefer. Ich sehe es gerade noch, greife wieder danach, aber es rutscht noch tiefer in die Papierschluchten. Ich bekomme Angst, es nie mehr zu finden. Ich werde vorsichtiger und hebe die oberen Papierschichten behutsam ab.

Manchmal muß ich den Papierkorb ganz leeren. Heute habe ich Glück. Ich habe das Zündholz schon in der Mitte gefunden.

Die Mastfliege

Die Mastfliege sitzt in meinem Zimmer und fühlt sich wohl. Andrea sagt, sie finde das grausig.

»Haustier ist Haustier«, ich höre das Surren meiner Fliege genauso gern wie das Schnurren einer Katze.

Zum Frühstück kriegt sie ein Patzerl Butter; was sie sonst noch nascht, muß ich erst ergründen.

Ich sitze in Hamburg, und Andrea sagt mir am Telefon, daß die Mastfliege auf ihrer Hand sitze und sich die Beine putze.

Dann, wieder in Wien, frühstücken Andrea und ich, und da kommt auch die Mastfliege schon. Auf einem warmen Toastbrot nimmt sie Platz. Ihr langer Rüssel dringt in ein Brotloch. Als ich sehe, daß sie mit einem Bein in ein anderes Loch fällt und sich nur schwerfällig davon befreien kann, weiß ich, daß sie schon altersschwach ist. Zitternd fliegt sie davon. Schade, sage ich zu Andrea, daß uns unser zugeflogenes Haustierchen nicht lang genug erhalten bleibt. Tausende von Scheißpunkterln würden sonst unser Heim schmücken.

Die Kaktusuhr

Eine tote Fliege sitzt auf meinem Kaktus, und ich schaue ihr zu, wie sie kaum merkbar in die Höhe getragen wird.

Frau Putzinger

Frau Putzinger steht vor mir. Ein schwarzes Kleid hängt über ihrem alten zierlichen Körper. Auf ihrem kleinen faltigen Gesicht sitzt eine schwarzumrandete Nickelbrille. Ihre vom dicken Brillenglas verzerrten Augen erinnern mich an zwei Schneckenhäuser, und ich denke mir manchmal, daß ihr die übergewichtige Brille vornüber kippen könnte. Sie schaut zu mir herauf, ich schaue in ihre Schneckenhäuser. Mit leiser krächzender Stimme sagt sie mir, ich solle sie begleiten. Frau Putzinger ist meine Nachbarin. Sie ist über 70, und ich bin über zehn. Mit kleinen tapsenden Schritten wendet sie und geht langsam, kaum die Füße hebend, auf ihre Wohnung zu. Ich hinterdrein. Wir gehen an der Bassena und bald auch am Klosett vorbei. Beides befindet sich auf dem Gang, der unsere zwei Wohnungen im ersten Stock verbindet. Noch ein paar kleine Schritte, und wir stehen vor ihrer Wohnungstür. Sie öffnet und tritt ein, ich hinterdrein. Wir stehen in der Küche, und mir verschlägt es den Atem, weil die Luft so stickig ist. Durch das Gangfenster dringt kaum Licht, da in der Ecke ein riesiger Haufen, der bis zum Plafond reicht, das Fenster verdeckt. Sie knipst eine Lampe an, die in der Mitte des Raumes hängt und nun fahl leuchtet. Außer dem Haufen, der anscheinend ihr ganzes Hab und Gut darstellt, sehe ich noch einen Gasrechaud. Die gemusterte Wand ist dort besonders schmutzig. Ein schlaffer Gasschlauch hängt gerade noch zwischen Wand und Herd. Darunter steht ein übelriechender, angefüllter Abfall-

kübel. Auf dem Gasherd dampft eine blecherne Teekanne. Frau Putzinger nimmt von dem Haufen zwei Tassen, reicht mir beide und gießt aus der Kanne ein. Sie nimmt sich ihre Tasse und geht damit in ihr Wohnzimmer. Ich hinterdrein.

Das Wohnzimmer ist halb so groß wie die Küche. In diesem Kabinett schaut es etwas wohnlicher aus. Dicke Vorhänge lassen aber auch hier wenig Luft durch das Fenster scheinen. Der Raum ist schmal, ich muß mich zwischen einer Kommode und einem Bett hindurchzwängen, um zu dem Tisch zu gelangen. Wir setzen uns, ich muß aber, bevor ich die Tasse abstellen kann, noch einige Fußbandagen beiseite schieben. Der Tee schmeckt furchtbar, eigentlich ist es nur heißes Wasser. Frau Putzinger schlürft mit ihrem kleinen faltigen Mund das Wasser, und ich tue nur so. Sie sagt nichts, und ich sage auch nichts.

Mir fällt eine Glühbirne auf, die mitten auf der Kommode steht: ein lila leuchtendes Kreuz. Um dieses künstliche ewige Licht sind verschiedene kleine Schachteln, Gläser und eine Puppe gruppiert, daran angelehnt einige alte Fotografien. Zwei Grabkerzen flackern und werden bald verlöschen. Die symmetrische Anordnung des Ganzen erinnert mich an einen Altar. Diesem Altar gegenüber steht ein weißes Eisenbett mit drei Lagen Matratzen, etlichen Polstern und Tuchenten. Obenauf liegt eine kleine Spitzendecke. Das Bett ist so hoch, wie es lang ist, und ich wundere mich sehr, wie sie es wohl schafft, da hinauf zu steigen.

Ich blicke wieder zum Altar. Die flackernden Kerzen machen

mich müde. Ich schaue Frau Putzinger an, Frau Putzinger schaut mich an. Was soll ich nur sagen?

Das Gefängnis

Ich fahre mit der Straßenbahnlinie 25k in Richtung Kagran. Nach der Reichsbrücke steige ich aus und wandere auf das Überschwemmungsgebiet zu. Das ist ein wildes grasbewachsenes Gelände, auf dem vereinzelt Sträucher stehen. Ein ausgetretener Weg führt zu einem kleinen flachen Bauwerk. Vor der Eingangstür kontrolliert ein Polizist meinen Personalausweis und meine Kleidung. Ein anderer Polizist führt mich zu einem Aufzug. Gemeinsam fahren wir 17 Stockwerke hinunter. Ein dritter Polizist erwartet mich unten und führt mich in einen langen Gang mit Eisentüren. Vor einer dieser Türen bleibt er stehen, öffnet sie, läßt mich hinein und schließt sie wieder hinter mir zu. Ich befinde mich in einer Zelle aus Beton, von einer Neonröhre beleuchtet. Die Einrichtung besteht aus einem Bett, einem Tisch und einem Sessel, einer Waschmuschel und einem WC. Ein Teil des Plafonds führt schräg abwärts. Außer einigen Klopfgeräuschen ist nichts zu hören. Die Zellentür hat kein Guckloch, was mir ungewöhnlich erscheint.

Auf dem Bett sitzt Hans, er starrt stumm vor sich hin. Er wirkt abwesend, und es gelingt mir nicht, mit ihm ins Gespräch zu kommen.

Plötzlich aber überschüttet er mich mit einem Redeschwall. Er habe eine Entdeckung gemacht, und er werde sie mir anvertrauen, wenn ich nur ja nichts weitererzähle. Er deutet auf den Betonboden, und ich erkenne, daß ein Teil aus einem anderen Material bestehen muß. Mit einem Löffelstiel fährt er in eine Ritze und hebt ein quadratisches Brett in die Höhe. Ein kleiner, schräg abwärtsführender Raum wird erkennbar. Eine durchbrochene Ziegelwand ist zu sehen. Er erzählt euphorisch weiter, wobei er in die Öffnung hinunterkriecht. Er habe vor einigen Wochen diese Entdeckung gemacht, und es gebe viele kleine Kammern aus Ziegelsteinen, die abwärtsführen, einige habe er schon durchbrochen. Das sei zwar langwierig, weil er ja nur zu bestimmten Zeiten arbeiten könne, aber der Löffelstiel sei zum Lösen des Mörtels ideal, und er sei voller Zuversicht. Ich solle nur ja nichts erzählen, aber das nehme er von mir als einem alten Freund sowieso nicht an.

Die Tür wird geöffnet. Der dritte Polizist fordert mich auf, wieder zu gehen, da die Besuchszeit vorbei sei. Im Aufzug fahre ich mit einem anderen Besucher aufwärts. Dieser spricht mich auf dem freien Gelände an. Er möchte gerne erfahren, ob ich vielleicht auch etwas wisse, von geheimnisvollen Gängen aus Ziegelmauern, seine Frau habe so etwas entdeckt. Ich verneine bedauernd und gehe weiter.

Die Geschichte vom Wind

Diese Geschichte erzählt von einem Müller, der eine Windmühle besitzt. Er ist schon ziemlich alt, und sein Hund auch. Seine Frau ist schon gestorben. Seine Kinder sind verheiratet und leben weit weg von hier.

Im Herbst, wenn das Korn reif ist und der Wind am stärksten bläst, hat der Müller die größte Arbeit.

An einem dieser Herbsttage macht er sich auf den Weg zum Bauern, um das gemahlene Korn zu liefern und um neues zu holen. Er fühlt sich zufrieden. Der Wind ist besonders stark, das Mehl besonders fein, und der Karren wirkt durch den Rückenwind besonders leicht.

Auf dem Rückweg kommt er in Schwierigkeiten. Der Wind ist noch stärker geworden, jetzt aber bläst er als Gegenwind. So plagt sich der alte Mann sehr, um vorwärts zu kommen. In Sichtweite seiner Mühle verlassen ihn die Kräfte. Der Abend bricht an, und er überlegt, was er jetzt tun könne. Er legt sich erschöpft auf die Säcke und schläft ein. Er träumt vom Rückenwind.

Im Morgengrauen erwacht der Müller. Es ist windstill. Er nimmt seinen Karren, und als er näher zu seiner Mühle kommt, wundert er sich nicht wenig, denn die Mühle, die Wiesen, die Felder, die Berge sind ganz weiß.

Mein kostbares Mehl, seufzt der Müller. Er nimmt einen Besen, um das Mehl zusammenzukehren.

Da war es Schnee.

Die Fotografien entstanden in den Jahren 1976 bis 1979;
die Fotografie auf dem Schutzumschlag in Wien;
die Fotografie auf der Seite 3 in Rom;
die Fotografien auf den Seiten 7, 15, 23, 27,
29, 35, 39, 41, 43, 45, 47 in den Donau-Auen bei Wien;
9, 13, 17, 25, 37 im Waldviertel (Niederösterreich);
11, 31, 33 auf Kreta;
19, 21 in der Normandie;
49, 51 auf dem Schneeberg (Niederösterreich).

INHALT

Ich will 6
Das Brotbuch 8
Der Wolkenkratzer 10
Zugvögel 12
Der Schamanenbesuch 12
Die Wolke 18
Die Seife 18
Die Erklärung 22
Der Traum 24
Die Mutter 26
Der Vater 28
Der Aufzug 32
Das Zündholz 36
Die Mastfliege 38
Die Kaktusuhr 38
Frau Putzinger 40
Das Gefängnis 44
Die Geschichte vom Wind 48

WALTER SCHMÖGNERS BÜCHER IM INSEL VERLAG

Das Drachenbuch. 1969 (auch als insel taschenbuch 10)
Traumbuch für Kinder. Texte von Friedrich C. Heller. 1970 (auch als broschierte Ausgabe)
Das Ploppwu-u-umwhaaasch. 1970
Das Etikettenbuch für Kinder. 1972
Walter Schmögner. Arbeiten 1969–1973. Signierte Luxusausgabe mit einer signierten Farbradierung. 1973 (auch als Normalausgabe)
Das unendliche Buch. 1973 (insel taschenbuch 40)
Das Guten Tag Buch. 1974
Ein Gruß an Dich. 1976 (insel taschenbuch 232)
Zeit zum Aufbrechen. Bilder, Zeichnungen und Skulpturen 1973–1978. Signierte Luxusausgabe mit einer signierten Farbradierung. 1978 (auch als broschierte Ausgabe)

Buchillustrationen:
Der Pluderich. Text von Barbara Frischmuth. 1970
Die Stadt. Text von Hermann Hesse. Signierte Luxusausgabe. 1977 (auch als insel taschenbuch 236)
Das Ende der Welt. Text von Robert Walser. Erscheint im Herbst 1980